AF358872

a volonté de Dieu (1). » Charlemagne, qui ne s'attendait
ι cet acte du souverain-pontife (2), céda néanmoins,
alors solennellement sacré et investi du pouvoir tem-
suprême de la chrétienté.

Système politique du moyen age. — Le couronne-
de Charlemagne par le pape eut les résultats les
mportants. On n'a ordinairement voulu y voir que la
ection de l'empire romain d'occident ou la transla-
lu pouvoir impérial des empereurs grecs à un prince
ccident. Cette opinion paraît avoir été celle de Char-
ne lui-même et de ses contemporains (3). Mais
verain-pontife, en conférant au roi Franc avec le titre
ereur le pouvoir temporel suprême, prit, sans peut-
en douter, l'initiative d'un mouvement nouveau et
ainsi les bases du système politique du moyen
lans ce système tout partait de cette haute vérité
nne, que toute autorité vient de Dieu, et c'était en
le cette maxime que le vicaire du Christ, le chef
de l'Eglise, était considéré comme la seule autorité
e qui tînt immédiatement son pouvoir de Dieu. Et
tous les peuples sont appelés à entrer dans l'Eglise,
verain-pontife, chef suprême de la chrétienté, était

---

nnal. *Lauriss.* et *Einhard.* a. 801. *Chron. Moissiac.* a. 801.
Fuldens. a. 801. Anast. *vita Leo. III.* p. 199.
e biographe de Charlemagne raconte que ce prince déclara
temps après que s'il avait pu prévoir l'intention du souve-

CHOIX
D'ANECDOTES

Instructives et des plus intéressantes

A L'USAGE DES PERSONNES QUI DÉSIRENT
BRILLER EN SOCIÉTÉ,

Recueillies

Par C.-A. Thomas.

———⬥———

PRIX DE LA BROCHURE : 5 SOUS.

———⬥———

BELLEVILLE,

IMPRIMERIE DE GALBAN,

RUE DE PARIS, N° 10.

———⬥———

1841.

CHOIX D'ANECDOTES.

DE L'AMOUR FILIAL.

L'histoire du Japon fait mention de cet exemple extraordinaire d'amour filial. Une femme était restée veuve avec trois garçons, et ne subsistait que de leur travail; quoique le prix de cette subsitance fût peu considérable, les travaux néanmoins de ces jeunes gens n'étaient pas toujours suffisans pour y subvenir. Le spectacle d'une mère qu'ils chérissaient, en proie au besoin, leur fit un jour concevoir la plus étrange résolution; on avait publié depuis peu, que quiconque livrerait à la justice le voleur de certains effets, toucherait une somme assez considérable; les trois frères s'accordent entr'eux, qu'un des trois passera pour le voleur, et que les deux autres le mèneront au juge. Ils tirent au sort pour savoir qui sera la victime de l'amour filial, et le sort tombe sur le plus jeune, qui se laisse lier et conduire comme un criminel ; le magistrat l'interroge, il répond qu'il a volé, on l'envoie en prison, et ceux qui l'ont livré touche la somme promise. Leur cœur s'attendrit alors sur le danger de leur frère ; ils trouvent le moyen d'entrer dans la prison, et croyant n'être vus de personne, ils l'embrassent tendrement et l'arrosent de leurs larmes. Le magistrat, qui les aperçoit par hasard, surpris d'un spectacle si nouveau, donne commission à un de ses gens, de suivre les deux délateurs ; il lui enjoint expressément de ne les point perdre de vue, qu'il n'ait découvert de quoi éclaircir un fait si singulier ; le domestique s'acquitte parfaitement de sa commission ; et rapporte qu'ayant vu entrer ces deux jeunes gens dans une maison, il s'en était approché, et les avait entendu raconter à leur mère ce que l'on vient de lire; que la pauvre femme à ce récit, avait jeté des cris lamentables, et qu'elle avait ordonné à ses enfans de reporter l'argent qu'on leur avait donné, disant qu'elle aimait mieux mourir de faim, que de se conserver la vie au prix de celle de son cher fils. Le magistrat, pouvant à peine concevoir ce prodige de piété filiale, fait venir aussitôt son prisonnier, l'interroge de nouveau sur ces prétendus vols, le menace même du plus cruel supplice : mais le jeune homme tout occupé de sa tendresse pour sa mère, reste immobile. Ah! c'en est trop, lui dit le magistrat en se jetant à son cou; enfant vertueux, votre conduite m'étonne; il va aussitôt faire son rapport à l'empereur, qui, charmé d'une action si héroïque, voulut voir les trois frères, les combla de caresses, assigna au plus jeune une pension considérable, et une moindre à chacun des deux autres.

POUR L'AMOUR DE DIEU.

L'amour de Dieu n'est pas toujours une bonne recommandation. Un pauvre ecclésiastique irlandais, étant entré dans une boutique de barbier, demanda si on voulait bien le raser pour l'amour de Dieu ; après l'avoir fait attendre quelque temps on lui dit qu'il peut s'asseoir ; on le frotte avec de l'eau froide et sans lui donner ni savonnette ni linge, on prend un mauvais rasoir, qui, suivant l'expression de M. de la Monnoye, lui charcute le menton et la joue ; pendant qu'il souffrait le martyre, sans oser se plaindre, un chat que l'on poursuivait dans l'arrière-boutique, faisait un sabat épouvantable ; le barbier, déjà assez de mauvaise humeur de la pratique qui lui était survenue, et impatient d'entendre un si grand bruit : Que diable, dit-il, fait-on à ce chat, pour le faire tant crier ? « C'est sans doute, repris l'ecclésiastique » quelque pauvre chat à qui l'on fait la

» barbe pour l'amour de Dieu. » Cette plaisanterie dérida le front du barbier, et le rendit plus humain.

LA MARCHANDE DE BIÈRE

Pendant les guerres de 1672, une bonne femme qui vendait de la bière à l'armée de Hollande, criait de toute sa force : A deux sous ma bonne bière, à deux sous; un soldat criait derrière sa tente : A six liards ma bonne bière, à six liards. Hélas ! disait la bonne femme, voilà un malheureux qui s'est venu camper près de moi pour m'ôter tous mes chalands, car tout le monde courait au meilleur marché; enfin, après avoir bien lamenté sur ce qu'elle croyait que sa bière lui resterait, elle fut tout étonnée de voir qu'il n'y en avait plus une goutte dans son tonneau, et cela parce que le soldat avait trouvé le secret de le percer de l'autre côté de la tente; et en faisant deux liards de meilleur marché, il avait tout débité avant que la bonne femme se fût aperçue du tour.

LETTRE D'UN MILITAIRE A SA FEMME.

Un caporal, condamné à être pendu, voulut en informer sa femme la veille de sa mort; désirant lui faire une description bien pathétique, il lui traça les choses non telles qu'elles étaient au moment qu'il écrivait sa lettre, mais telles qu'elles seraient au moment que sa femme la lirait : « Ma chère femme, lui » dit-il, après t'avoir souhaité une santé aussi bonne que la mienne l'est, quant à présent, je te dirai que j'ai été pendu hier entre onze heures et midi, j'ai fait grâce au ciel une assez belle mort, et j'ai eu le plaisir de voir que toute l'assemblée me plaignait; souviens-toi de moi et fais en ressouvenir mes pauvres enfans, qui n'ont plus de père ; ton affectionné mari jusqu'à la mort.

LE CHAMELIER.

On a quelquefois lieu d'admirer la sagacité avec laquelle la justice est rendue chez les turcs, que nous traitons d'ignorans, parce qu'ils n'ont ni institut, ni code, ni digeste; un marchand chrétien ayant confié à un chamelier turc un certain nombre de balles de soie, pour les voiturer d'Alep à Constantinople, se mit en chemin avec lui, mais au milieu de la route, il tomba malade, et ne put suivre la caravane, qui arriva long-temps avant lui, à cause de ce contre-temps; le chamelier ne voyant pas venir son homme au bout de quelques semaines, s'imagina qu'il était mort, vendit les soies, et changea de profession; le marchand chrétien arriva enfin, le trouva, après avoir bien perdu du temps à le chercher, et lui demanda ses marchandises; le fourbe feignit de ne pas le reconnaître, et nia d'avoir jamais été chamelier; le cadi devant qui

cette affaire fut portée, dit au chrétien :
Que demandes-tu?—Je demande,dit-il,
vingt balles de soies que j'ai remises à
cet homme-ci.—Que réponds-tu à cela,
dit le cadi au chamelier?—Je ne sais
ce qu'il veut dire avec ses balles de soie
et ses chameaux, et je ne l'ai ni vu ni
connu, reprit le chamelier; alors le cadi
se tournant vers le chrétien, lui demanda quelle preuve il pouvait donner de
ce qu'il avait avancé; le marchand n'en
put donner d'autre,sinon que sa maladie
l'avait empêché de suivre le chamelier;
le cadi leur dit à tous deux qu'ils étaient
des bêtes, et qu'ils se retirassent de sa
présence ; il leur tourna le dos et pendant qu'ils sortaient ensemble, il se mit
à une fenêtre, et cria assez haut : Chamelier, un mot; le turc tourna aussitôt
la tête sans songer qu'il venait d'abju-
rer cette profession ; alors le cadi,l'obli-
geant de revenir sur ses pas, lui fit
donner la bastonnade et avouer sa fri-
ponnerie; il le condamna à payer au
chrétien sa soie, et de plus une amende

considérable pour le faux serment qu'il avait prêté.

UN OFFICIER A HENRI IV.

Un officier présentait à Henri IV un placet dans lequel il exposait qu'ayant reçu un grand nombre de blessures à son service, il avait besoin de ses secours; le roi, après avoir lu le placet, dit : Nous verrons ; il ne tient qu'à vous de voir à l'instant même, dit le pétitionnaire, en ouvrant son juste-au-corps et sa chemise, et en montrant les cicatrices dont il était couvert ; cet objet éloquent rendit le prince généreux.

LES GRUES SERVANT DE TÉMOINS.

Le poète Ibicus fut attaqué par des voleurs en un lieu écarté ; prêt à se voir assassiné, et ne sachant à quoi avoir recours, il vit voler des grues. O grues !

s'écria-t-il, vous servirez un jour de témoins contre mes meurtriers. Quelques temps après, les voleurs étant à un marché, il passa une volée de grues ; voilà, dit en souriant l'un d'eux à son compagnon, les témoins du poète Ibicus qui s'envolent ; ce propos fut entendu de quelqu'un qui, les soupçonnant, en conséquence, d'avoir commis le meurtre, en avertit la justice ; ils furent pris et avouèrent leur crime.

L'AVEUGLE.

Dans une ville prise d'assaut, un pauvre aveugle, profitant de la confusion du carnage, alla se cacher dans un puits, il y fut découvert quelques temps après et il répondit à ceux qui lui demandaient comment il avait pu descendre, « les aveugles ne voient que le chemin » de la liberté. » On la lui rendit pour récompenser ce bon mot.

L'ILLUSION MATERNELLE.

Une vieille dame, retirée dans un château, n'avait qu'un fils, joueur, débauché, mauvais sujet, qui s'était fait comédien parce que sa mère ne voulait pas le voir ; le hasard fit que la troupe où il était engagé vint précisément passer l'hiver dans la ville voisine du château ; quelques personnes l'ayant reconnu en avertirent la mère, qui, curieuse de voir jouer son fils, fit louer sous main une loge et se rendit secrètement à la comédie, avec deux ou trois de ses amis ; on donnait Béverley, et son fils était chargé du rôle principal ; le rapport qui se trouvait entre sa conduite et celle du joueur anglais qu'il représentait, parut si frappant à cette mère, qu'à chaque trait elle s'écriait : Le coquin ! toujours le même ! il n'a pas changé ; l'illusion augmentait chez elle à mesure que la pièce avançait ; mais quand elle vit au cinquième acte l'acteur lever la main pour massacrer son enfant, elle s'écria d'une voix terrible et avec le frémissement de la nature : Arrête malheureux ! ne tue pas ton fils, je le prendrai plutôt chez moi ; l'effet de l'illusion que cette bonne mère produisit par toute la salle, fut tel que la pièce ne put être achevée.

LE CALIFE HÉGIAGE.

Le calife Hégiage avait de la justice, mais il était sévère, et son nom seul inspirait la terreur à tous ses sujets ; un jour qu'il parcourait son empire, seul, et sans aucune marque de distinction, il rencontra un Arabe du désert, marcha avec lui, l'entretint, et lui demanda s'il connaissait Hégiage ? c'est dit l'Arabe, un monstre altéré de sang humain.— Mais de quoi l'accuse-t-on ? — De tous les crimes des tyrans. — L'as-tu jamais vu ?—Jamais.—Eh bien, regarde, dit le calife, c'est à lui que tu parles.—L'Arabe le fixe et lui dit sans s'émouvoir : ceux de ma famille sont tous frappés d'un accès de folie, un jour de l'année, c'est aujourd'hui mon jour ; Hégiage sourit, donne à l'Arabe l'anneau qu'il avait au doigt et lui dit : Lorsque tu rencontreras un inconnu, ne dit pas qu'Hégiage est un monstre altéré de sang humain.

LE LIMOUSIN.

Le Limousin, né au milieu d'un pays peu fertile, est exercé de bonne heure à une vie dure et frugale ; un Limousin, maître maçon, voyait son petit manœuvre tremper un morceau de pain trop sec dans un seau de mortier pour l'attendrir, et qu'est-ce donc, s'écria-t-il, Lionard, je crois que tu donnes dans la friandise ?

—Des Limousins forts simples, et qui croyaient que rien n'était impossible au saint-siége, demandaient à un pape, qui était de leur nation, qu'il leur accordât deux récoltes de blé dans une année ; je le veux bien, répondit le pape, mais vos années auront dorénavant vingt-quatre mois.

LE GRONDEUR.

Le père de l'Arioste le grondait un jour vivement, et ne se lassait point de le gronder; le fils l'écoutait d'un air attentif et dans un profond silence, sans proférer un seul mot pour s'excuser ; son frère lui ayant demandé ensuite pourquoi il n'avait rien dit pour sa défense : je travaille actuellement, dit l'Arioste, à une comédie, et j'en suis à la scène d'un vieillard qui gronde son fils; dès que mon père a ouvert la bouche, il m'est venu dans l'esprit de l'examiner avec attention, afin de pouvoir peindre d'après nature mon Grondeur, je n'ai donc été occupé que du ton, des gestes et des discours qu'a tenus mon père; sans m'embarrasser de ce que je pouvais lui répondre pour ma défense.

L'EXCUSE D'UN VOLEUR.

En 1776, les médécins de Paris recommandèrent comme une précaution utile contre la grippe , dont beaucoup de personnes se trouvaient attaquées cette année, de ne pas sortir à jeun ; un pasteur des environs, instruit de la recette, crut devoir en recommander l'usage à ses paroissiens; il leur dit donc, le dimanche suivant , au prône , qu'il croyait devoir les avertir de ne pas sortir le matin et s'exposer à l'air, qu'ils n'eussent pris quelque chose auparavant ; le lendemain , il trouva chez lui vingt-cinq louis de moins ; son domestique qui était sorti ne parut plus; aux premières recherches, il ne fut pas difficile de s'apercevoir qu'il était le voleur des vingt-cinq louis, arrêté et interrogé sur le fait, il s'avoua l'auteur du vol ; mais, il s'excusa en disant avoir obéi à son maître et son curé, qui, d'après l'ordonnance de la faculté, avait défendu au prône de sortir le matin sans avoir pris quelque chose, et qu'il ne l'avait fait que pour se préserver de la grippe.

LE PAYSAN ET LE CHANGEUR DE MONNAIE.

Un paysan, qui passait à Paris sur le Pont-au-Change, n'apercevait point de marchandises dans plusieurs boutiques, la curiosité le prend, il s'approche d'un bureau de change : Monsieur, demanda-t-il d'un air niais, dites-moi ce que vous vendez; le changeur crut qu'il pouvait se divertir du personnage : je vends, lui répondit-il, des têtes d'ânes : ma foi lui répliqua le paysan, vous en faites un grand débit, car il n'en reste plus qu'une dans votre boutique.

LE PAUVRE AVEUGLE.

Une voiture brillante s'arrête à la porte du comte de ***, un jeune juris-consulte, beau, frais et frisé à miracle,

en sort, monte les degrés, et, d'un pied
léger, s'élance dans un salon au milieu
d'un cercle de femmes qui se lèvent et
s'écrient d'un ton de voix affectueux :
« Ah! c'est le cher Sinville; c'est l'âme
de notre bouillotte! d'où vient-il comme
cela? du palais sans doute?—Il est vrai,
mesdames, c'est Thémis qui m'a ravi les
momens que j'avais consacrés à l'amitié : la bonne déesse est fort sérieuse de
son naturel, et je vous avoue qu'elle
m'a ennuyé aujourd'hui à périr. —
Point de causes intéressantes?—Point...
Oh! pardonnez-moi, nous avons vu un
pauvre vieillard septuagénaire qui ré-
clame deux années d'une pension ali-
mentaire, que son fils ne lui paie point.
—Il est donc peu fortuné, ce fils?—
Au contraire, c'est un vrai Crésus; mais
un cœur dur, un ingrat. Que voulez-
vous? il y en a tant dans le monde. —
Cela est affreux, monstrueux, en horreur!—Si vous l'eussiez vu, ce pauvre
père, il vous eut arraché des larmes; il
s'est ruiné pour ce méchant fils et en

voilà sa récompense !—Quelle horreur, mais jouons. —J'aime votre sensibilité, Sinville, dit le comte*** au jeune homme, je suis charmé de voir que vous avez pris quelqu'intérêt au sort de ce vieillard, cela fait l'éloge de votre sensibilité ; mais, comme disent ces dames, laissons ce sujet qui n'est pas gai, et faisons une partie ; on vous attendait avec impatience. » En effet, ces dames, enchantées de voir leur aimable joueur, prennent place ; Sinville est au milieu d'elles, il tire des flots d'or de sa bourse et la partie s'engage.

A peine a-t-on commencé qu'une voix rauque et discordante se fait entendre dans la cour... on écoute... c'est un aveugle qui entonne le cantique de la bienheureuse Sainte-Geneviève, et qui n'oublie pas à chaque couplet : le pauvre aveugle, s'il vous plait ?... Il chante d'une manière si plaisante, si différente des autres, que ces dames extasiées, ne purent arrêter l'excès de leur étonnement : Ah ! monsieur le comte, entendez-vous?... comme c'est original!... non, c'est du dernier comique!... en vérité, cet homme-là doit avoir une physionomie incroyable!... monsieur, il faut le faire monter, il le faut absolument, il nous chantera son cantique, il nous divertira, il nous fera mourir de rire!...

Le comte, pour complaire à ces dames, ordonne à l'un de ses gens d'aller chercher l'aveugle. Le bonhomme monte, et, comme il ne voit pas, rien ne l'éblouit, rien ne l'intimide. Le voilà qui, sous un archet bien maudit par Appollon, râcle son cantique, et chante en faisant des grimaces épouvantables; et les dames de rire aux éclats!...

Quand il eut fini, le comte s'approcha de lui : « Bonhomme, lui dit-il, y a-t-il long-temps que vous êtes aveugle? — Pas long-temps, mon bon seigneur; j'étais riche autrefois, j'étais heureux!... — Quel état faisiez-vous? — Le plus noble et le plus utile, j'étais laboureur. — Vous avez raison, c'est le premier des états ; mais qui vous a donc plongé dans la misère!... —Qui, mon bon seigneur, qui!... hélas! un fils, un fils bien coupable, qui maintenant méprise son père et le laisse mendier sa vie. —Oh! le monstre! il est donc à son aise, lui?—C'est moi qui ait fait sa fortune, c'est l'éducation que je lui ai donnée...—Et il vous méprise?—Il fait plus... figurez-vous que las de me voir, las de rougir, non de la honte de son crime, mais de l'état où il a réduit son père, il m'a fait arrêter il y a trois ans... j'ai resté... pardonnez-moi ces larmes, j'ai resté deux ans et demi au dépôt de Saint-Denis, où j'ai perdu la vue. La douleur, la misère, la maladie, tout allait consumer ma vie, et me plonger dans la tombe, mon seul espoir, lorsque le dépôt s'est ouvert, vous le savez, mon seigneur!... j'en suis sorti comme les autres, au grand déplaisir de mon coupable fils... j'ai repris le métier de mendiant, le seul que je puisse faire, et je ne travaille que la nuit, dans la crainte d'être reconnu de jour, et que ce fils dénaturé n'attente à ma vie, après m'avoir ravi la liberté. »

A ces mots, quele vieillard étouffa de mille sanglots, tous les cœurs se serrèrent, les dames tiraient déjà leurs mouchoirs, et le jeune jurisconsulte, plus pâle, plus absorbé que les autres, paraissait consumé d'une sombre inquiétude. Le comte, qui s'aperçut de son trouble, lui dit : « Eh! mon dieu, vous trouveriez-vous mal, mon cher Sinville?—Sinville, s'écria l'aveugle, c'est lui!... — Qui lui?... — Mon fils! — Mon père, s'écrie à son tour Sinville désespéré, deviez-vous ?... »

Il n'achève point et sort furieux de l'appartement où il laisse tout le monde pétrifié de cette aventure. Le pauvre aveugle verse des larmes et ne peut que dire d'une voix entrecoupée de sanglots: « Ah! monseigneur!... ah! je suis perdu, il était là, il m'a reconnu, je suis perdu!... — Non, bon vieillard, non, répond le comte avec le ton du plus vif intérêt, vous ne l'êtes point. Dès ce moment, je vous offre mon appui... le monstre! le monstre, il parlait tout à l'heure d'ingratitude... ah! qu'il la connaît bien... »

Comme il disait ces mots, il aperçut sur la table la bourse de Sinville que ce dernier y avait laissée, le comte la prend, il y trouve quinze louis auxquels il joint dix autres louis que Sinville venait de gagner ; puis, remettant cet or à l'aveugle : « Tenez, lui dit-il, vieillard trop malheureux, voilà déjà un à-compte du bien que votre fils a reçu de vous, prenez cette bourse et remerciez la Providence qui vous a adressé à moi : jamais votre cantique ne vous aura tant rapporté qu'aujourd'hui. » L'aveugle coucha dans l'hôtel. Le lendemain, on publia cette aventure, les tribunaux prirent la défense de ce père infortuné, et bientôt le cruel Sinville, honni partout, dépouillé de ses biens, courut cacher sa honte dans une retraite isolée, mais les remords l'y suivirent, ils rongèrent son cœur et abrégèrent sa vie, qu'il avait souillée du plus odieux de tous les vices, l'ingratitude.

RÉPARTIE
D'UN OFFICIER DE TERRE

Les officiers de marine, dans l'ancien régime, étaient très-fiers et leurs femmes plus fieres encore ; une d'elles avait à dîner un officier de cavalerie, qu'elle ne cessait d'apostropher sous le nom de M. l'officier de terre ; monsieur l'officier de terre mange-t-il de ceci ? monsieur l'officier de terre, voudrait-il de cela ? l'officier, impatienté, lui dit : madame, est-ce que messieurs vos maris sont de porcelaine ?

SANG-FROID DE RIVAROL.

Au siége de Puy-Cerda , le marquis de Rivarol eut la jambe emportée par un boulet de canon ; deux ans après, un autre boulet vint frapper la jambe de bois qu'il avait fait suppléer à la naturelle ; cette fois-ci, dit-il à l'instant, j'ai pris l'ennemi pour dupe, car j'ai une autre jambe dans ma valise.

GRANDEUR D'AME DE SOLIMAN.

La grandeur d'âme honore la vertu dans l'ennemi même qui a su résister ; lorsque Soliman eut prit le château de Budes, en 1529, il trouva dans un cachot, Nadasti, gouverneur de la place ; il fut curieux de savoir la raison d'un événement si extraordinaire, les Allemands de la garnison lui avouèrent que Nadasti les ayant traités de lâches et de perfides, parce qu'ils le pressaient de capituler, ils l'avaient enfermé pour avoir la facilité de se rendre ; le sultan, plein d'admiration pour la fidélité et la bravoure du généreux gouverneur, le combla de louanges et de présens, le mit en liberté, et condamna à mort tous ceux qui avaient manqué d'une manière si honteuse à la subordination militaire.

D'UN CHIEN DANS UNE COMMUNAUTÉ.

On nourrissait un chien dans une communauté, et dans cette maison toutes les personnes qui arrivaient tard et voulaient prendre leur repas, tiraient une petite sonnette, et le cuisinier passait leur portion par le moyen d'une boîte tournante, qu'on appelle tour dans les maisons religieuses ; le chien était attentif à tous les mouvemens, parce qu'ordinairement on lui abandonnait quelques os, dont il se régalait ; ces revenans-bons ne satisfaisaient pas toujours son appétit, néanmoins il s'en contentait, lorsqu'un jour, n'ayant pu rien attrapper, il s'avise de tirer lui-même la sonnette avec sa gueule ; le garçon de cuisine croyant que c'était quelque personne de la communauté, passe une portion ; le chien ne s'en fait pas faute, et l'avale dans le moment ; le jeu lui paraît doux, il recommence le lendemain, et sûr de sa pitance, ne fait plus la cour à personne ; cependant le cuisinier qui s'était plusieurs fois aperçu qu'on lui demandait une portion de plus, porta ses plaintes, on fait des recherches , on examine, on surprend à la fin le drôle, qui ordinairement n'attendait pas que toutes les personnes de la communauté eussent leur portion , pour demander la sienne ; on admira la finesse de cet animal, et pour ne pas le priver du fruit de son industrie, on continua de lui passer sa pitance, que l'on composait de tout ce qui était resté sur les assiettes.

AMÉNITÉS DE PIRON ET DE VOLTAIRE.

Un jour que Piron était à sa fenêtre, il aperçoit Voltaire qui entre chez lui, il se dispose à le recevoir ; cependant on ne sonne pas, seulement on crayonne sur la porte et l'on se retire ; Piron, impatient, ouvre la porte, que voit-il ? ces

mots : Jean F.....! écrits très-lisible-
ment et en toutes lettres ; il les efface
et rentre chez lui ; à quelques jours de
là, Piron fait toilette et se rend en cérémonie chez Voltaire, qui ne peut s'em-
pêcher de témoigner sa surprise ; monsieur, lui dit Piron, il n'y a rien de sur-
prenant à tout ceci, j'ai vu ces jours
derniers votre nom sur ma porte et je
m'empresse de vous rendre la visite que
vous m'avez faite.

LA CRUAUTÉ APPAISÉE PAR UNE PLAISANTERIE

Le baron des Adrets, calviniste zélé
et cruel, se jouait avec la plus atroce
inhumanité de la vie des catholiques qui
tombaient entre ses mains ; ayant dans
le cours de ses expéditions sanguinaires,
pris, en 1562, le fort de Maubrisson,
dans le Forez, il fit d'abord couper la
tête aux plus distingués de ceux qui l'a-
vaient défendu ; après dîné, il fit monter les autres sur une tour très-élevée,

et se faisait un amusement de les obliger à se précipiter ; un d'eux eut le bonheur de se tirer de ce mauvais pas, par une saillie ; c'était sans doute un gascon ; il prenait sa secousse, mais sur le point de se précipiter, il s'arrêtait aussitôt et recommençait le même manége ; le baron irrité lui dit : Veux-tu en finir ? voilà déjà trois fois que tu recommences : ma foi, monsieur le baron, répondit aussitôt le gascon, je vous le donne en quatre ; cette plaisanterie, dans un danger si pressant, dérida le front du baron ; il accorda la vie à ce malheureux.

LE LÉGISLATEUR.

Nandiskar était borgne et législateur, il avait assemblé les vieillards de sa nation, pour leur faire jurer, au nom de la république, de veiller à la plus stricte observation des lois, telles qu'ils les avait faites ; Nantéon lui seul s'y opposait ; mais Nandiskar fit si bien valoir ses raisons, qu'il aigrit tous les esprits contre Nantéon; celui-ci désespérant de ramener ses compatriotes par des discours, s'approcha de Nandiskar et lui dit : Tu veux que tes lois soient strictement observées, et le peuple y consent; je demande donc à être strictement puni suivans tes lois; en proférant ces dernières paroles, il lui créva d'un coup de poing, l'œil qui lui restait; Nandiskar avait fait une loi conçue en ces termes : Quiconque crévera un œil, qu'il en perde un, tu dois t'apercevoir par-là, lui dit Nantéon, combien ta loi est défectueuse, selon la circonstance, puisqu'il ne m'en coûte qu'un œil, pour te priver de la vue; ainsi en suivant strictement ta loi, je ne suis pas puni d'une peine strictement proportionnée au délit; Nandiskar lui répondit : Loin de t'en vouloir, je te dois de la reconnaissance, et la stricte justice veut que tu ne sois pas puni du tout, car en me privant des yeux du corps, tu m'as ouvert les yeux de l'esprit; et vous, sages vieillards, ne rougissez pas d'avouer que nous avons eu tort.

LE SUISSE.

Un Suisse dormait au siége d'une ville, un boulet de canon vint le frapper, et lui emporta la tête ; son camarade qui avait été témoin de cette mort subite, dit : Par mon foi sti mien cam'rade l'être fort grandement surpris quand lui se réveiller, de ne plus trouver son tête.

TOI OU MOI SERA PENDU.

Quand le maréchal de la Ferté voulait faire pendre un soldat, il lui disait : Corbleu, toi ou moi sera pendu ; il dit la même chose à un espion qu'on trouva dans son camp ; lorsque le misérable se vit condamné, il demanda à parler au maréchal, à qui il dit : Monseigneur, vous m'avez dit que vous ou moi serait pendu, comme vous êtes mon supérieur, je vous offre le choix, car si vous ne voulez pas, je vois bien qu'il faut bien que ce soit moi qui y passe; le maréchal lui fit grâce.

L'EMPEREUR JOSEPH AU SOUFFLET D'UN SERRURIER.

Pendant le voyage de l'empereur Joseph en Italie, le fer d'une des roues de sa voiture, casse sur le chemin; il parvint, avec beaucoup de peine au plus prochain village, descendu à la porte d'un serrurier, il lui demanda de réparer sur-le-champ le dommage qui l'empêchait de continuer sa route; je le ferais volontiers, dit l'artisan, mais c'est aujourd'hui fête, tout le monde est à la messe, et je n'ai personne même pour faire jouer le soufflet; qu'à cela ne tienne, dit l'empereur, je ferais jouer le soufflet moi-même, aussi bien, cela m'échauffera; le monarque souffle, l'ouvrier forge et tout est réparé, il faut payer;— Combien ?— Six sous ; Joseph met six ducats dans la main du serrurier et part ; l'honnête artisan court après lui. — Monsieur, vous vous trompez, vous m'avez donné six ducats, je ne pourrais changer cela dans tout le village ;— Change où tu pourras, le surplus de tes six sous est pour le plaisir que j'ai eu du soufflet.

UN GREC ET UN VÉNITIEN.

Un Grec disputait avec un Vénitien de l'excellence de leurs nations ; le premier prétendait que la sienne devait l'emporter, puisque de son sein étaient sortis tous les sages et les philosophes. Il y a lieu de le croire, dit le Vénitien, car on a beau en chercher, on n'y en trouve plus.

SIRETTE OU LA REINE.

Marie Lexinska, femme de Louis XV,

interrogeant la femme d'un orfèvre de Paris, qui était venu voir avec sa fille ce qu'on appelait le grand-couvert, cette femme se trouva fort embarrassée de savoir de quel nom elle devait se servir pour la reine, afin de ne pas dire oui ou non tout court; puis se rappelant tout-à-coup qu'on disait au roi : sire, elle dit à la reine qui lui demandait si l'enfant qu'elle tenait par la main était sa fille : oui, sirette ; ce qui fit beaucoup rire les courtisans à qui Louis XV imposa silence par un coup d'œil sévère.

LE COMÉDIEN ET LE MAUVAIS PAYEUR.

Un pauvre comédien avait prêté un louis à un auteur, qui ne se pressait pas de le lui rendre. Le tirant un jour à l'écart, il le prie instamment de lui rendre son argent. — Sois tranquille, mon ami, sous peu de jours, tu seras payé d'une manière ou d'une autre. — Oh ! tâche, mon ami, que cette manière-là ressemble à mes 24 francs.

RUSE D'UNE PETITE FILLE GOURMANDE.

On avait défendu à un petit garçon, ainsi qu'à une petite fille, de rien demander à table; le petit garçon qu'on avait cruellement oublié et qui craignait de désobéir, s'avisa de prendre un peu de sel; c'était assez faire entendre qu'il désirait de la viande; la petite fille était dans une circonstance différente : elle avait mangé de tous les plats, hormis un seul dont on avait oublié de lui donner et qu'elle convoitait beaucoup ; or, pour obtenir qu'on répara cet oubli, sans qu'on pût l'accuser de désobéissance, elle fit en avançant son doigt, la revue de tous les plats, disant tout haut, à mesure qu'elle les montrait : j'ai mangé de ça, j'ai mangé de ça, mais elle affecta si visiblement de passer, sans rien dire, celui dont elle n'avait pas mangé, que quelqu'un s'en apercevant, lui dit : et de cela en avez-vous mangé? oh! non, répondit doucement la petite gourmande en baissant les yeux ; si ce tour-ci paraît plus fin, c'est qu'il est une ruse de fille, l'autre n'est qu'une ruse de garçon.

TRAIT
DE RECONNAISSANCE.

Pendant le siége de Namur, que les puissances alliées contre la France firent au commencement de ce siècle, on connut, dans le régiment du colonel Hamilton, un bas-officier qu'on appelait Union, et un simple soldat nommé Valentin ; ces deux hommes étaient rivaux et les querelles particulières que leur amour avait fait naître, les rendirent ennemis irréconciliables ; Union qui se trouvait officier de Valentin, saisissait toutes les occasions possibles de le tourmenter et de faire éclater son ressentiment ; le soldat souffrait tout sans résistance, mais il disait quelquefois, qu'il donnerait sa vie pour être vengé de ce tyran ; plusieurs mois s'étaient passés dans cet état, lorsqu'un jour ils furent commandés l'un et l'autre pour l'attaque du château ; les Français firent une sortie, où l'officier Union reçut un coup de feu à la cuisse ; il tomha, et comme les Français pressaient de toutes parts les troupes alliés, il s'attendait à être foulé aux pieds ; dans ce moment, il eut recours à son ennemi : Ah Valentin ! s'écria-t-il, peux-tu m'abandonner ? Valentin à sa voix courut précipitamment à lui, et au milieu du feu des Français, il mit l'officier sur ses épaules et l'enleva courageusement à travers les dangers jusqu'à la hauteur de l'abbaye de Salsine ; dans cet endroit un boulet le tua lui-même, sans toucher à l'officier.

Valentin tomba sous le corps de son ennemi, qu'il venait de sauver ; celui-ci, oubliant alors sa blessure, se releva en s'arrachant les cheveux et, se rejetant aussitôt sur ce corps défiguré : Ah ! Valentin, s'écrie-t-il en rompant un silence mille fois plus touchant que les larmes les plus abondantes ; Valentin, est-ce pour moi que tu meurs? pour moi, qui te traitais avec tant de barbarie! je ne pourrais te survivre! je ne le veux pas! non. Il fut impossible de séparer Union du cadavre sanglant de Valentin, malgré les efforts qu'on fit pour l'en arracher; enfin on l'enleva, tenant toujours embrassé le corps de son bienfaiteur; et pendant qu'on les portait ainsi l'un et l'autre dans les rangs, tous leurs camarades, qui connaissaient leur inimitié, pleuraient à la fois, de douleur et d'admiration; lorsqu'Union fut ramené dans sa tente, on pensa de force la blessure qu'il avait reçue, mais le jour suivant, ce malheureux appelant toujours Valentin, meurt accablé de regrets; M. Stècle, qui rapporte ce fait dans le premier volume de ses ouvrages, propose en même temps ce problème à résoudre : lequel de ces deux infortunés fit paraître plus de générosité, ou celui qui exposa sa vie pour son ennemi, ou celui qui ne voulut pas survivre à son bienfaiteur? si l'on demande notre sentiment, nous croyons que l'officier Union dut cet enthousiasme de la vertu qui l'enflamma à l'héroïsme de son ennemi, et l'imitateur n'est jamais si grand que le modèle; il est certain d'ailleurs que le soldat Valentin aurait été capable de faire ce que fit l'officier Union ; mais, nous pouvons douter que celui-ci se fût exposé à une mort presque inévitable, pour sauver la vie à son ennemi.

LE LAQUAIS ET LE PETIT ENFANT.

Laquais, pourquoi faire crier mon fils? donnez-lui ce qu'il vous demande. — Madame, il crierait jusqu'à demain qu'il ne l'aurait pas davantage.— Comment ! qu'est-ce que cela veut donc dire? vous êtes bien impertinent; je vous ordonne de satisfaire l'enfant tout-à-l'heure. — Madame, cela ne se peut pas. — Oh! celui-là est trop fort... Monsieur! monsieur! mon mari!—Eh! ma bonne, de quoi s'agit-il donc? — Il s'agit de chasser un insolent, un drôle, qui me nargue, en prenant plaisir à contrarier mon fils, à lui refuser ce qu'il demande, et qui dit de lui donner.— Mais, Julien, pourquoi manquer aussi grossièrement à madame, et faire pleurer l'enfant? donnez-lui ce qu'il veut ou sortez.— En vérité, monsieur, je sortirai s'il le faut; mais comment voulez-vous que je donne à cet enfant la lune qu'il vient de voir dans un seau d'eau, et qu'il veut avoir absolument? A ces mots, monsieur et madame se regardent, ils ne savent que répliquer; toute la compagnie part d'un éclat de rire, les deux époux prennent le parti de rire aussi; la mère promet de se corriger de sa faiblesse pour son fils, et le mari de sa faiblesse pour sa femme.

L'ÉTAT LUCRATIF.

Un avocat intéressé avait été chargé de la cause d'une demoiselle qu'il se proposait d'épouser; le procès fini, il se fit payer ses honoraires, et beaucoup plus chèrement qu'on avait lieu d'attendre. Comme la demoiselle, la première fois qu'il vint lui faire la cour, lui en fit quelques reproches; il dit : J'ai voulu vous faire connaître combien je suis un bon parti, ayant un état aussi lucratif.

SIMPLICITÉ D'UN DOMESTIQUE.

Monsieur, disait à son maître un domestique nouvellement arrivé de son village, ma mère m'a recommandé de lui envoyer une lettre aussitôt que j'aurai été quelques jours chez vous; ne pourriez-vous pas m'en donner une dont vous n'auriez que faire, et je la lui enverrai.

LA CHANTEUSE.

Une dame s'était avisée de chanter en grande compagnie, ne pouvant finir son air, elle dit à quelqu'un assis à côté d'elle : je vais le prendre en mi.—Non pas, madame, restez-en là.

GRANDEUR D'AME DU PRINCE MENZIKOFF.

Le prince Menzikoff commandait une armée russe, où, par sa négligence, il s'était glissé des abus énormes ; un officier allemand, indigné de ces désordres, en avertit Pierre Ier, qui traita très-durement son favori ; Menzikoff se donna tant de mouvemens, qu'il parvint à connaître son accusateur, auquel il parla en ces termes : « Il faut que vous soyez » un homme bien estimable, pour avoir » mieux aimé vous exposer à mon res- » sentiment, que de laisser ignorer au » czar une chose qui l'intéresse ; soyez » mon ami, aidez-moi de vos lumières, » et acceptez un présent de deux mille » ducats, comme une marque de mon » estime. »

LES 500 DUCATS
SERVANT DE TÉMOINS.

Un pauvre homme reclamait une maison qu'avait usurpé un homme riche et puissant; le premier produisait un grand nombre de titre qui établissaient la légitimité de ses droits; le second produisait un grand nombre de témoins qui déposaient en sa faveur; pour appuyer davantage leurs dépositions, il offrit un sac de 500 ducats au cadi, qui les accepta; à l'audience, quand les parties eurent été entendues contradictoirement, le cadi tira de dessous son sopha le sac à l'aide duquel on avait tenté de corrompre son intégrité; vous vous êtes conduit bien maladroitement dans cette affaire, dit-il au riche usurpateur, ce pauvre homme n'avait que des titres, vous aviez des témoins, vous l'emportiez sur lui, si vous ne lui eussiez vous-même fourni ces cinq cents témoins (en montrant les 500 ducats), puis, lui ayant jeté son sac avec indignation, il adjugea la maison au pauvre demandeur et condamna le riche usurpateur à une amende considérable.

LE PARTAGE DU BUTIN.

Des soldats romains au partage d'un grand butin fait sur les ennemis, voulurent offrir à Caton, qui les commandait, un cheval d'une vîtesse merveilleuse, qui était tombé entre leurs mains; reprenez votre cheval, leur dit l'officier, c'est un présent à faire à un lâche.

MON VISAGE NE M'APPARTIENT PAS.

Un officier demandait à un ministre de la guerre ses appointemens, en lui représentant qu'il était, s'il ne les touchait bientôt, en risque de mourir de faim; le ministre faisant attention que cet officier avait un visage plein et vermeil, lui dit : Votre visage m'empêche d'en rien croire; monsieur, dit l'officier, ne vous y méprenez pas, il y a déjà long-temps que mon visage n'est plus à moi, il est à mon hôtesse, qui veut bien encore me faire crédit.

AMÉNITÉ DE HENRI IV.

Quelqu'un faisant observer à Henri IV, la pompe fastueuse des bataillons ennemis qu'il avait à combattre : tant mieux, dit-il, nous en aurons plus belle visée sur eux, quand nous en viendrons aux coups.

TRAIT REMARQUABLE DE JUSTICE.

Le Gulistan nous offre ce trait admirable d'un sultan, persuadé qu'une grâce accordée à un criminel est une injustice envers le public; un arabe était venu se jeter à ses genoux pour se plaindre des violences que deux inconnus exerçaient dans sa maison, le sultan s'y transporta aussitôt, et après avoir fait éteindre les lumières, saisir les criminels et envelopper leurs têtes d'un manteau, il commande qu'on les poignarde ; l'exécution faite, le sultan fait rallumer les flambeaux, examine les corps de ces criminels, lève les mains et rend grâce à Dieu ; quelle faveur, lui dit son visir, avez-vous donc reçue du ciel ? Visir, répond le sultan, j'ai cru mes fils auteurs de ces violences, c'est pourquoi j'ai voulu qu'on éteignît les flambeaux, qu'on couvrît d'un manteau le visage de ces malheureux ; j'ai craint que la tendresse paternelle ne me fit manquer à la justice que je dois à mes sujets ; juge si je dois remercier le ciel, maintenant que je me trouve juste sans être parricide

RÉPONSE D'UN BOUFFON A SON SOUVERAIN.

Un bouffon, coupable envers son souverain, fut condamné à la mort; il se prosterne aux pieds du prince, et demande sa grâce ; la seule que je puisse te faire, lui répond le monarque, c'est de te laisser le choix de ton supplice ; choisis de quel genre de mort tu veux périr : de vieillesse, répond le bouffon. Cette réponse ingénue dérida le front du prince, qui, d'ailleurs, tenu par sa parole, fut contraint lui-même, d'accorder au bouffon la grâce qu'il lui demandait.

LE MUSICIEN IVRE.

On jeta, un jour, d'un quatrième étage, un pot d'urine sur un musicien qui était ivre ; pour se venger, il ramasse des pierres qu'il lance de toute sa force, mais elles n'atteignent que le troisième; il casse plusieurs carreaux, qui font mettre aux locataires la tête aux croisées ; ce n'est pas à vous que je les veux jeter, dit monsieur Ré-Mi-Fa, mais, comme je ne puis atteindre plus haut, arrangez-vous avec ceux du quatrième.

AU BOMBARDEMENT D'ALGER.

Louis XIV avait, en 1683, chargé Duquesne de bombarder Alger, pour la punir de ses infidélités et de son insolence. Le désespoir où sont les corsaires de ne pouvoir éloigner de leurs côtes la flotte qui les foudroie, les porte à attacher à la bouche de leurs canons des esclaves français, dont les membres sont portés sur les vaisseaux ; un capitaine algérien, qui avait été pris dans ses courses, et très-bien traité par les Français tout le temps qu'il avait été leur prisonnier, reconnaît parmi ceux qui vont subir le sort affreux que la rage a inventé, un officier nommé Choiseul, dont il a éprouvé les attentions les plus marquées ; à l'instant, il prie, il sollicite, il presse, pour obtenir la conservation de cet homme généreux, tout est inutile, on va mettre le feu au canon où Choiseul est attaché ; l'algérien se jette aussitôt sur lui, l'embrasse étroitement, et, adressant la parole au canonnier, lui dit : « Tire, puisque je ne puis sauver » mon bienfaiteur, j'aurai au moins la » consolation de mourir avec lui. » Le dey, sous les yeux duquel la scène se passe, en est si frappé, qu'il accorde, les larmes aux yeux, ce qu'il avait refusé avec tant de férocité.

TRAIT D'HUMANITÉ.

Un homme d'esprit et d'une âme sensible a publié en 1761, un drame intitulé l'Humanité, dont le sujet est tiré d'une aventure réelle, arrivée à Paris, et que Boursault raconte ainsi dans une de ces lettres : « En 1662, il y eut une longue et cruelle famine à Paris ; un soir des grands jours d'été que M. de Salo, conseiller au parlement, venait de se promener, suivi seulement d'un laquais, un homme l'aborda et lui présenta un pistolet, et lui demanda la bourse, mais en tremblant, et en homme qui n'était pas expert dans le métier qu'il faisait. « Vous vous adressez mal, lui dit M. de Salo, je ne vous ferai guère riche, je n'ai que trois pistoles que je vous donne fort volontiers. » Il les prit et s'en alla, sans lui rien demander davantage. « Suis adroitement cet homme-là, dit M. de Salo à son laquais, observe le mieux qu'il te sera possible où il se retirera et ne manque pas de venir me le dire. » Il fit ce que son maître lui commanda, suivit le voleur dans trois ou quatre petites rues, et le vit entrer chez un boulanger où il acheta un pain de sept ou huit livres, et changea une des pistoles qu'il avait. A dix ou douze maisons de là, il entra dans une allée, monta à un quatrième étage, et en arrivant chez lui, où l'on ne voyait clair qu'à la faveur de la lune, jeta son pain au milieu de la chambre et dit en pleurant à sa femme et à ses enfans : « Mangez, voilà un pain qui me coûte cher, rassasiez-vous-en, et ne me tourmentez plus comme vous faites ; un de ces jours, je

serai pendu et vous en serez la cause. »
Sa femme, qui pleurait, l'ayant appaisé
le mieux qu'elle put, ramassa le pain et
en donna à quatre pauvres enfans qui
languissaient de faim. Quand le laquais
sut tout ce qu'il voulait savoir, il des-
cendit aussi doucement qu'il était mon-
té, et rendit un compte fidèle à son
maître de tout ce qu'il avait vu et entendu. « As-tu bien remarqué où il demeure, lui demanda M. de Salo, et
pourras-tu m'y conduire demain matin?
—Oui, monsieur, répondit-il, c'est dans
telle rue, et je vous y mènerai fort
aisément. » Le lendemain, dès cinq
heures, M. de Salo fut où son laquais
le conduisit, et trouva deux servantes
voisines qui balayaient déjà la rue ; il
demanda à l'une, qui était un homme
qui demeurait dans la maison que le
laquais lui montra, et qui occupait une
chambre au quatrième? « C'est, monsieur, lui répondit-elle, un cordonnier,
bon homme et bien serviable, mais
chargé d'une grosse famille, et si pauvre

qu'on ne peut l'être davantage. » Il fit la même demande à l'autre qui lui fit à peu près une semblable réponse, ensuite de quoi il monta chez l'homme qu'il cherchait, et heurta à la porte. Ce malheureux, après avoir mis de méchantes chausses, la lui ouvrit lui-même, et le reconnut d'abord pour celui qu'il avait volé le soir précédent. Il n'est pas nécessaire de dire quelle fut sa surprise, il se jeta à ses pieds, lui demanda pardon, et supplia de ne point le perdre. « Ne faites pas de bruit, dit M. de Salo, je ne viens point ici dans ce dessein-là. Vous faites, continua-t-il, un méchant métier, et pour peu que vous le fassiez encore, il suffira pour vous perde sans que personne s'en mêle. Je sais que vous êtes cordonnier, tenez, voilà trente pistoles que je vous donne ; achetez du cuir, travaillez à gagner la vie à vos enfans. » Que cette action est belle, généreuse, attendrissante.

PIRON A UN AUTEUR MÉDIOCRE.

Je voudrais, disait un jour à Piron un auteur médiocre, je voudrais travailler à un ouvrage où personne n'eût travaillé et ne travaillât jamais.—Travaillez à votre éloge, lui dit Piron.

CAS QUE L'ON FAIT D'UN TRAITRE.

Un général anglais attire quelques Espagnols aux portes d'une place, en leur promettant de la leur rendre. Doublement perfide, non-seulement il ne la leur rend pas, mais il les fait égorger. Encore fumant de ce monstrueux assassinat, il court vers la reine Élisabeth pour recevoir la récompense de son action. « Voilà, lui dit-elle, en lui donnant quelques pièces d'or, voilà le salaire de votre trahison, mais ne paraissez plus devant moi : quand j'aurai besoin du secours d'un traître, je vous le ferai savoir.

CHACUNE SON DÉFAUT, C'EST PARDONNABLE.

Un homme de lettres à qui un homme riche avait proposé une de ses trois filles en mariage, demandait à un de ses amis ce qu'il pensait de l'aînée. — Elle est méchante. — La cadette. — Coquette.—La plus jeune?—C'est une joueuse.—Mais ne sont-elles que cela ? —Non.—Dieu soit loué! je craignais de trouver le tout dans chacune, j'épouserai celle que l'on me donnera.

FIDÉLITÉ DE RÉVÉREND DE BOUGI.

Révérend de Bougi, lieutenant-général des armées de France, sous Louis XIV, était de la religion protestante. La reine et le cardinal Mazarin lui avaient écrit plusieurs fois pour l'exhorter à changer de religion et à lever par là tout obstacle à son avancement. Il s'agissait d'un bâton de maréchal de France et d'un gouvernement à son choix, pourvu qu'il se convertit. Sa réponse fut : Si je pouvais me résoudre à trahir mon dieu pour un bâton de maréchal de France, je pourrais trahir mon roi pour beaucoup moins. Je suis incapable de l'un comme de l'autre.

LE JOUR DE LA TOUSSAINT.

Un mauvais payeur croyait avoir éludé le paiement d'une dette qu'il avait contractée, parce qu'il avait mis dans sa promesse : payable à la fête d'un saint dont le nom ne se trouvait pas dans le calendrier. Le juge, afin de rendre inutile sa mauvaise foi, le condamna à payer le jour de la Toussaint.

LE PAQUET D'INDUL- GENCES.

Le jardinier d'une des maisons de campagne du pape (villa patrizzi) ayant su que S. S. devait y faire une promenade, prépara une corbeille de très-beaux fruits qu'il présenta au saint-père à son arrivée. Le pape, qui savait fort bien que cet empressement n'était pas sans espoir d'une récompense, tira de sa poche un paquet d'indulgences *in articulo mortis*, et en fit cadeau à son jardinier, en lui disant : Votre attention pour moi mérite une récompense; je vous en donne une bien précieuse; avec cela, vous êtes en état de bien mourir. Le jardinier prit le paquet, l'examina un instant, et dit en secouant la tête : Très-saint-père, votre sainteté sait que pour bien mourir il faut bien vivre. Daignez reprendre la moitié de vos indulgences, et les convertir en espèces courantes; avec celles-là je vivrai, et je mourrai avec les autres. Le pape avoua qu'il ne s'était pas attendu à si bonne répartie, et satisfit pleinement le jardinier.

AGATHOCLE.

Agathocle, roi de Sicile, était le fils d'un misérable potier de terre. Un jour qu'il assiégeait les Carthaginois, ils lui criaient du haut de leurs murailles : Hé! potier, de quoi paieras-tu la solde de tes gens? — Des débris de votre ville, répondit-il, et il tint parole. Ce prince, pour n'oublier ni sa dignité ni sa naissance, se faisait servir en même temps en plats de terre et en plats de vermeil.

COURAGE et SANG-FROID DE JEAN BART.

Jean Bart, en 1697, conduisit en Pologne le prince de Conti avec six vaisseaux et une frégate. Avec aussi peu de forces navales, il vint à bout d'échapper à dix-neuf vaisseaux de guerre ennemis, postés au nord de Dunkerque pour s'opposer à son passage. Le lendemain, au point du jour, il en rencontra deux autres à la voile, et neuf mouillés entre la Meuse et la Tamise. Il se tint sur la défensive et continua fièrement sa route. Lorsque le danger fut passé, le prince de Conti lui dit : Jean Bart, si les Anglais nous avaient attaqués, ils eussent pu nous faire prisonniers : Jamais, mon prince, dit Jean Bart. — Comment donc eussiez-vous fait? — Comment? j'eusse fait mettre le feu au vaisseau, et nous eussions sauté en l'air plutôt que de nous voir prisonniers. Mon fils, en conséquence, est toujours demeuré posté à la Sainte-Barbe, où il avait ordre de mettre le feu au premier signal; le prince frémit et lui dit : Le remède eut été pis que le mal; je vous défends d'en faire usage tant que je serai sur vos vaisseaux.

RUSE D'UN GASCON.

Un gascon, affamé et des plus gourmands, ne sachant où aller dîner, et avide de partager un repas splendide qui se faisait chez un homme d'affaires, le jour où l'on passait le contrat du mariage de sa fille, inventa le tour suivant. Après avoir fait toilette, il se rend en grandecérémoniechezl'hommed'affaires et se fait annoncer juste au moment où l'on allait se mettre à table : Monsieur, dit-il à celui-ci, j'aurai une affaire très-sérieuse à vous communiquer et où il y a cinquante millefrancs à gagner; c'est fort bien, monsieur, répond l'homme d'affaires,mais comme nous sommes sur le point de nous mettre à table et que je n'ai pas le temps de m'occuper d'autre chose pour le moment, veuillez être des nôtres et nous parlerons de cela après dîné; notre gastronome ne se fit pas prier et en homme impudent,il satisfit sans cérémonie et sans gêne son

appétit de glouton; mais après le dessert,
l'homme d'affaires le fait appeler dans
son cabinet et lui demande quelle est
cette affaire: oh! fort simple, répond le
gascon, vous mariez votre demoiselle ?
vous lui donnez cent mille francs de
dot? eh bien! je la prendrai pour cinquante, il est clair que vous gagnerez
cinquante mille francs ; l'homme d'affaires ne jugea pas à propos de faire ce
gain-là; le gascon ne s'y était pas attendu non plus, mais il avait bien dîné et
c'était tout ce qu'il désirait.

DE L'AMITIÉ.

Nous devons savoir gré aux papiers
anglais de nous avoir conservé cet acte
d'amitié généreuse du célèbre Mead,
médecin anglais, mort en 1754. Freind,
son ami, et premier médecin de la reine
d'Angleterre, avait assisté au parlement
en 1722, comme député du bourg de
Lanceston, et s'était élevé avec force
contre le ministère. Cette conduite ayant

indisposé la cour, on suscita à **Freind**
un crime de haute trahison, et il fut
renfermé,au mois de mars, dans la tour
de Londres. Environ six mois après, le
ministre tomba malade et envoya chercher Mead, qui, après s'être mis au fait
de la maladie, dit au malade qu'il ré-
pondait de sa guérison, mais qu'il ne
lui donnerait pas seulement un verre
d'eau que Freind, son ami, ne fût sorti
de la tour. Le ministre, quelques jours
après, voyant sa maladie augmentée, fit
supplier le roi d'accorder la liberté à
M. Freind; l'ordre expédié, le malade
crut que Mead allait ordonner ce qui
convenait à son état; mais ce médecin
persista dans sa résolution jusqu'à ce
que son ami fût rendu à sa famille.
Après cet élargissement, Mead traita le
ministre, et lui procura en peu de temps
une guérison parfaite. Le soir même,
il porta à Freind environ cinq mille
guinées qu'il avait reçues pour ses honoraires, en traitant les malades de son
ami pendant sa détention, et l'obligea

à recevoir cette somme quoiqu'il eût pu la retenir légitimement, puisqu'elle était le fruit de ses peines.

DE L'AMOUR FILIAL.

En 1585, des troupes portugaises, qui passaient dans les Indes, firent naufrage, une partie aborda dans le pays des Caffres, et l'autre se mit à la mer sur une barque construite des débris du vaisseau. Le pilote s'apercevant que le bâtiment était trop chargé, avertit le chef Edouard de Mello, que l'on va couler à fond, si on ne jette dans la mer une douzaine de victimes. Le sort tombe entre autres sur un soldat dont l'histoire n'a point conservé le nom. Son jeune frère tombe aux genoux de Mello et demande avec instance de prendre la place de son frère aîné. « Mon frère, dit-il, est plus capable que moi, il nourrit mon père, ma mère, mes sœurs ; s'ils le perdent, ils mourront tous de misère : conservez leur vie en conservant la sienne, et faites-moi périr, moi qui ne puis leur être d'aucun secours.» Mello y consentit et le fait jeter à la mer. Le jeune homme suit la barque pendant six heures, enfin il la rejoint ; on le menace de le tuer s'il tente de s'y introduire : l'amour de sa conservation triomphe de la menace, il s'accroche. On veut le frapper avec une épée, qu'il saisit et qu'il retient jusqu'à ce qu'il soit entré. Sa constance touche tout le monde : on lui permet enfin de rester avec les autres, et il parvient ainsi à sauver sa vie et celle de son frère.

AMOUR MATERNEL.

Quelle plume pourrait peindre toutes les scènes de douleur et de joie qui se passent dans le sein d'une mère? ses tendres sollicitudes pour l'objet de ses affections, ses alarmes, ses agitations, lorsqu'elle est en danger de le perdre, son désespoir lorsqu'elle l'a perdu? La femme d'un noble vénitien ayant vu mourir son fils unique, s'abandonnait aux plus cruelles douleurs, un religieux tâchait de la consoler. Souvenez-vous, lui disait-il, d'Abraham, à qui Dieu commanda de plonger lui-même le poignard dans le sein de son fils, et qui obéit sans murmurer.—Ah! mon père, répondit-elle avec impétuosité, Dieu n'aurait jamais commandé ce sacrifice à une mère.

SUR L'AMOUR DE LA PATRIE.

—Le Lacédémonien Pédarète, est-il dit dans l'histoire de Lacédémone, se présente pour être admis au conseil des trois cents, il est rejeté. Il s'en retourne joyeux de ce qu'il s'est trouvé dans Sparte trois cents hommes valant mieux que lui.

—Une femme de Sparte avait cinq fils à l'armée et attendait des nouvelles de la bataille, elle en demande en tremblant à un ilote qui revient du camp : «Vos cinq fils ont été tués. —Vil esclave, t'ai-je demandé cela! — Nous avons gagné la victoire. » La mère court au temple et rend grâces aux dieux.

—Une autre Lacédémonienne voit, au siége d'une ville, son fils aîné, qu'elle avait placé dans un poste, tomber mort à ses pieds : Qu'on appelle son frère pour le remplacer, s'écria-t-elle aussitôt.

AUTRE EXEMPLE DE PATRIOTISME.

Lors du siége de Turin, formé par l'armée française, en 1640, un sergent des gardes piémontaises donna cet exemple singulier de patriotisme. Ce sergent gardait avec quelques soldats le souterrain d'un ouvrage de la citadelle, la mine était chargée ; il n'y manquait qu'un saucisson pour faire sauter plusieurs compagnies de grenadiers qui s'étaient emparés de l'ouvrage, et y avaient pris poste. La perte de l'ouvrage aurait pu accélérer la reddition de la place. Ce sergent, avec fermeté, ordonne aux soldats qu'il commandait de se retirer; les charge de prier, de sa part, le roi son maître de protéger sa femme et ses enfans, bat un briquet, met le feu à la poudre, et périt pour sa patrie.

QUELQUES BONS MOTS.

—Un homme en place qui s'était rendu coupable de plusieurs infidélités chez les Macédoniens, souffrait impatiemment qu'on l'appelât traître; il s'en plaignit à Archelaüs, roi de Macédoine : « Les Macédoniens, lui répondit ce prince, sont si grossiers, qu'ils appellent les choses par leur nom. »

—Des Hollandais disaient à un soldat français que Mons leur serait rendu par la paix de Riswick. « Je le crois, répondit le Français, nous ne pourrions le garder, car lorsque nous l'avons pris, il y avait plus de cinquante mille témoins. »

—On reprochait à une demoiselle de consentir à épouser un homme qui heurtait de front les mœurs et les modes de son temps, un original enfin ; mais la singularité de cet homme n'était qu'un vice de l'esprit, et personne n'avait l'âme plus honnête, aussi cette demoiselle, qui ne manquait pas de jugement, répondit très-finement : « Je l'épouse parce que j'espère qu'il sera bon mari, par singularité. »

— Un cavalier battait son cheval qui lui donnait des ruades, et ne voulait pas avoir le dernier. « Eh ! monsieur, lui dit un passant, montrez-vous le plus sage. »

—Quelqu'un a dit : Voulez-vous vous débarrasser de certaines personnes ? Prêtez-leur de l'argent.

—Un homme ayant prêté une somme assez considérable à un de ses amis, celui-ci fut peu exact à la lui rendre, et il fuyait son créancier qui, l'ayant rencontré, lui dit : « Ou remettez-moi mon argent, ou rendez-moi mon ami. »

— Un vieux rimeur, grand bavard, s'était fait peindre, et le portrait était d'une si parfaite ressemblance qu'on baillait même en le voyant. « Il ne lui manque que la parole, dit quelqu'un. —Ami, reprit aussitôt un plaisant, il n'en est pas plus mauvais pour cela. »

BORGNE, BOITEUX, BOSSU.

—Un borgne, rencontrant le matin un bossu, lui dit, pour le railler sur sa bosse : « Mon ami, tu as chargé de bon matin.—Tu penses, lui repartit le bossu, qu'il est bien matin parce le jour n'entre chez toi que par une fenêtre.

— Un boiteux voyant venir à lui un bossu, lui dit aussi par forme de causerie : « Eh! bien, n'as-tu rien de nouveau dans ta valise ?—C'est toi, répartit le bossu, qui doit savoir des nouvelles, puisque tu vas toujours de côté et d'autre. »

— Un borgne gageait contre un homme qui avait bonne vue qu'il voyait plus que lui ; le pari est accepté. « J'ai gagné, dit le borgne, car je vous vois deux yeux et vous ne m'en voyez qu'un. »

— On demandait à un boiteux qui allait à l'armée comme fantassin, pourquoi il ne s'était pas mis dans la cavalerie ? « C'est, répondit-il, que je ne vais pas à la guerre pour fuir. »

— Un jeune homme qui était bossu et qui prétendait ne pas l'être, fut en députation avec plusieurs de ses confrères, chez un ancien d'une compagnie où il venait d'être admis. Cet ancien était bossu, homme plaisant, qui riait le premier de sa bosse ; apercevant le jeune homme bossu, il alla aussitôt l'embrasser en lui disant. Eh! bonjour mon double confrère ; ce propos offensa le jeune homme , qui lui dit qu'à tort il l'appelait son double confrère ; je le vois, répliqua l'ancien, vous n'êtes pas digne d'être dans la compagnie des bossus ; ils ont tous de l'esprit.

BRAVOURE.

— Des soldats perses se vantaient devant un Lacédémonien, que les traits et les javelots de l'armée de leur roi étaient en assez grand nombre pour obscurcir le soleil : Eh bien ! nous combattrons à l'ombre, répondit le Spartiate

— On raillait un Lacédémonien d'avoir peint une mouche sur un bouclier, comme s'il voulait éviter d'être reconnu à une si petite marque : Vous vous trompez, dit ce brave Lacédémonien, je serrerai de si près les ennemis, qu'ils pourront la reconnaître aisément.

—Les Autrichiens, les Polonais et les Vénitiens ayant, en 1686, formés contre les Turcs une ligue redoutable, le général des Polonais entra dans la Moldavie ; il se poste devant la forteresse de

Nemez, qui a été abandonnée de tous les habitans, et où il ne se trouve que dix-neuf chasseurs moldaves, que le hasard y a amenés. Ces braves gens lèvent les ponts, ferment les portes et refusent de se rendre; les Polonais, qui ignorent l'état de la garnison, canonnent la place, pendant quatre jours; les chasseurs se défendent avec vigueur, tuent un grand nombre d'assiégeans et, en particulier, le maître de l'artillerie; le cinquième jour, ayant perdu dix de leurs camarades, ils demandent à capituler, on leur accorde une capitulation honorable et la permission de se retirer où ils voudront. Aussitôt que la capitulation est signée, on voit sortir six hommes qui emportent sur leurs épaules trois autres qui sont blessés; dans ce moment, tous les sentimens d'admiration, de honte et de rage se succèdent dans le cœur du général suédois; il demeure un moment interdit, mais l'honneur le rappelle bientôt à ses engagemens, et il renvoie ces braves gens avec éloges.

FIN.

chaire. La politique prussienne, à laquelle il avait autrefois livré de si rudes combats, le rencontra de nouveau encore sur son chemin, toujours aussi vigilant et aussi incorruptible qu'autrefois. On sait le motif pour lequel, malgré cette opposition vigoureuse et permanente, le pouvoir l'ap-

lui seul était calme. dination, il assembl tinaient au sacerdoce une sollicitude tout octobre suivant, le cession solennelle du de la fête de sainte

9 782329 689593